"Weithiau mae'n bwysig gwneud
dim byd," meddai Nansi a Nel.

A dyna beth oedd y
ddwy yn ei wneud ...

o dan y goeden

pan ddaeth gwenynen
heibio.

Bssssssssssssss.

"Prysur prysur prysur,"
meddai'r wenynen.

"Beth wyt ti'n ei wneud?"
gofynnodd Nansi a Nel.

"Alla i ddim aros," atebodd
y wenynen. "Rhy brysur."

"Dydyn ni ddim yn brysur!"
meddai Nansi a Nel.

Ac fe ddilynon nhw'r
wenynen ar ei thaith,

drwy'r glaswellt uchel,

ac i ganol cae
llawn blodau.

"Am hyfryd," meddai
Nansi a Nel.

"Mmmm."

"Sniff-sniff."

"Mwmial-mwmial."

"BW!"

"Nawr rydyn ni mor brysur
â'r wenynen!"

"Ac yn edrych fel blodau!"

Bsss Bsss Bsss Bsss

"Maen nhw'n credu mai
blodau ydyn ni!"

"AA-AA-AA —

TISHWWWW!"

"Bendith," meddai'r gwenyn.

"Diolch yn fawr,"
meddai Nansi a Nel.

Yna aeth y ddwy yn ôl
i wneud dim byd,

a dyna braf oedd hynny.

Mwy o straeon am Nansi a Nel:

Nansi a Nel
a'r Wenynen Fach Brysur

ysgrifennwyd a darluniwyd gan Roslyn Schwartz

Addaswyd gan Catrin Elan

Y fersiwn Saesneg gwreiddiol:
The Mole Sisters and the Busy Bees

Cyhoeddwyd yn wreiddiol yng Ngogledd America gan Annick Press Ltd.
© 2000, Roslyn Schwartz (testun a darluniau) / Annick Press Ltd

Y fersiwn Cymraeg hwn:

ⓑ Prifysgol Aberystwyth, 2011 ©

ISBN: 978-1-84521-460-9

Cyhoeddwyd gan **CAA (Canolfan Astudiaethau Addysg)**, Prifysgol Aberystwyth,
Plas Gogerddan, Aberystwyth, SY23 3EB (www.aber.ac.uk/caa).
Noddwyd gan Lywodraeth Cymru.

Addaswyd i'r Gymraeg gan **Catrin Elan**
Golygwyd gan **Delyth Ifan a Fflur Pughe**
Dyluniwyd gan **Richard Huw Pritchard**
Argraffwyd gan **Argraffwyr Cambria**

Diolch i Mairwen Prys Jones am ei harweiniad gwerthfawr.